Alice através do espelho

Lewis Carroll

adaptação de Índigo
ilustrações de Laura Michell

editora scipione

Gerente editorial
Sâmia Rios

Editor
Adilson Miguel

Editora assistente
Fabiana Mioto

Revisoras
Gislene de Oliveira, Paula Teixeira e Maiana Ostronoff (estagiária)

Editora de arte
Marisa Iniesta Martin

Diagramador
Rafael Vianna

Programação visual de capa, miolo e encarte
Aida Cassiano

Elaboração do encarte
Maria Viana

editora scipione

Avenida das Nações Unidas, 7221
Pinheiros
São Paulo – SP – CEP 05425-902

Atendimento ao cliente:
(0xx11) 4003-3061

www.aticascipione.com.br
atendimento@aticascipione.com.br

2022
ISBN 978-85-262-7656-7 – AL
Cód. do livro CL: 736825
CAE: 247385
1.ª EDIÇÃO
10.ª impressão

Impressão e acabamento
Forma Certa

Traduzido e adaptado de "Through the looking-glass", de Lewis Carroll. In: *The annotated Alice — The definitive edition*. Nova York/Londres, W. W. Norton & Company, 1999.

• • •

Ao comprar um livro, você remunera e reconhece o trabalho do autor e de muitos outros profissionais envolvidos na produção e comercialização das obras: editores, revisores, diagramadores, ilustradores, gráficos, divulgadores, distribuidores, livreiros, entre outros.

Ajude-nos a combater a cópia ilegal! Ela gera desemprego, prejudica a difusão da cultura e encarece os livros que você compra.

• • •

Dados Internacionais de Catalogação na Publicação (CIP)
(Câmara Brasileira do Livro, SP, Brasil)

Índigo

  Alice através do espelho / Lewis Carroll; adaptação de Índigo; ilustrações de Laura Michell. – São Paulo: Scipione, 2010. (Série Reencontro infantil)

  Título original: *Through the looking-glass*.

  1. Literatura infantojuvenil I. Carroll, Lewis, 1832-1898. II. Michell, Laura. III. Título IV. Série.

09-12101   CDD-028.5

Índices para catálogo sistemático:
  1. Literatura infantil   028.5
  2. Literatura infantojuvenil   028.5

Sumário

1. A casa do espelho 5
2. O jardim das flores vivas 10
3. Os insetos do espelho 14
4. Tweedledum e Tweedledee 20
5. Lã e água 27
6. Humpty Dumpty 32
7. O Leão e o Unicórnio... 36
8. É uma invenção minha 41
9. Rainha Alice 44
10. Sacode.. 52
11. Acordou... 53
12. Quem foi que sonhou? 54

Quem foi Lewis Carroll? 56

Quem é Índigo? 56

Quem é Laura Michell? 56

1. A casa do espelho

Naquele dia nevava sem parar, e Alice não pôde ir brincar lá fora. A pobre menina estava entediada até não poder mais. Falava sozinha. Quer dizer, falava com Kitty, uma gatinha preta, muito espoleta, filhote da Dinah. Aliás, Kitty era tão bagunceira que Alice até fez uma lista das suas travessuras:

— Número um: hoje de manhã, quando Dinah te deu banho, você só reclamava. E não me venha com a desculpa de que foi porque ela meteu a patinha no seu olho. A culpa é toda sua. Devia ter ficado de olhos fechados. Número dois: a senhorita puxou sua irmãzinha pelo rabo enquanto eu servia o pires de leite para ela. E número três: aproveitou que eu não estava olhando e desenrolou todo o novelo de lã!

Kitty não tinha sido castigada por nenhuma dessas travessuras. Isso porque Alice decidiu acumular todos os castigos para a quarta-feira seguinte. Agora ela imaginava como seria se todos os seus castigos tivessem sido acumulados. O que aconteceria depois de um ano? Provavelmente seria presa. Ou, se cada castigo fosse ficar sem jantar, no dia dos castigos acumulados ela ficaria sem cinquenta jantares. "Melhor que ter de comer cinquenta jantares de uma só vez", pensou.

Um pouco antes de Alice se entediar e começar a falar com sua gata, ela estava jogando xadrez. O tabuleiro e as peças ainda se encontravam numa mesinha no canto da sala.

— Já sei, Kitty! Vamos fazer de conta que você é a Rainha Vermelha.

Alice pegou a peça da Rainha Vermelha e a colocou na frente de Kitty, para servir de modelo. Mas Kitty não conseguia cruzar os braços que nem a rainha.

— Não, Kitty, não é assim – disse Alice. – Vou te mostrar.

Alice levou a gatinha até o espelho para que ela pudesse ver como tinha de fazer.

— E se não mudar essa cara feia agora mesmo, darei um jeito de fazer você atravessar para a Casa do Espelho!

Apesar de Alice ter dito isso como se fosse um castigo, no fundo ela mesma morria de vontade de atravessar o espelho e visitar a casa que ficava do outro lado. Alice subiu na lareira, grudou a testa contra sua própria testa e começou a espiar. Tudo parecia igualzinho à sala da sua casa, a não ser pelos livros. Nos do lado de lá, as palavras estavam escritas ao contrário.

– Quem será que mora na Casa do Espelho? Até o corredor, é tudo bem parecido com a nossa casa, mas o que será que tem para além do corredor deles? Ali onde a gente não consegue enxergar?

Só havia um jeito de descobrir. Alice apelou para sua frase predileta:

– Vamos fazer de conta que o espelho ficou molinho, fino como gaze... e que virou uma espécie de neblina.

E assim aconteceu de fato. Lentamente o espelho foi se desfazendo até que Alice conseguiu atravessá-lo. Ela pulou da lareira e ficou maravilhada ao ver que do outro lado também havia fogo de verdade.

– Nossa, vai ser tão gozado quando me virem aqui, do outro lado, e não conseguirem me alcançar!

Alice olhou para sua velha casa e achou tudo muito sem graça. Deu as costas. A Casa do Espelho era bem parecida com a sua; no entanto, infinitamente mais interessante. Os quadros estavam vivos, e até o relógio que ficava sobre a lareira tinha personalidade. Sorria para ela.

Neste lado do espelho, Alice continuava falando sozinha.

– Esta sala não é tão arrumadinha como a nossa – disse para ninguém em particular.

Alice notou que as peças do jogo de xadrez estavam espalhadas pelo chão. Agachou-se e viu que passeavam em parzinhos. Duas torres andavam de braços dados.

– Engraçado... Acho que elas não conseguem me escutar e nem me ver. Devo ter ficado invisível.

Mas Alice conseguia ouvi-las perfeitamente bem. Ouviu quando a Rainha Branca, muito nervosa, passou correndo pelo Rei. Chamava pela filha, cujo nome era Lily.

Lily, por sua vez, estava em cima da mesa, se esgoelando de tanto berrar. Alice decidiu interferir. Ergueu a Rainha e a levou até a filha. Depois pegou o Rei e fez o mesmo. Os dois perderam o ar.

– O que foi isso?! – exclamou a Rainha. – Deve ter sido um vulcão que me expeliu aqui para cima!

– Que horror! – disse o Rei. – Não entendi nada, mas de uma coisa eu sei: nunca, nunca mais vou me esquecer disso que acabou de acontecer com a gente.

– Ah, vai, sim! A não ser que o senhor faça uma anotação – retrucou a Rainha.

Ela conhecia bem o marido.

Imediatamente o Rei tirou um gigantesco bloco de anotações do bolso e começou a escrever com um lápis. Nessa hora Alice teve uma ideia bastante travessa. Pegou a ponta do lápis, que de tão grande ultrapassava o ombro do Rei, e começou a escrever por ele. Se o Rei já estava espantado, foi aí que se apavorou de vez.

– Este lápis está escrevendo por conta própria!

A Rainha espiou e constatou que aquilo que estava sendo escrito não eram palavras do Rei. Felizmente, para os dois, Alice se cansou da travessura, e sem se preocupar em dar explicação para as pequenas majestades, deixou-as de lado.

– É melhor eu me apressar ou então terei de reatravessar o espelho sem ter visto o resto da casa!

Sua intenção era sair correndo, mas o que aconteceu foi uma nova modalidade de corrida, muito mais rápida e com menos esforço. Em vez de movimentar as pernas, Alice apenas encostou a mão no corrimão e saiu flutuando suavemente. Seus pés nem tocavam nos degraus.

2. O jardim das flores vivas

Alice saiu da casa e chegou a um jardim maravilhoso. Bem no meio havia um salgueiro, e em volta um alegre conjunto de margaridas.

– Veja, um Lírio-tigre! – disse Alice. – Gostaria tanto que você pudesse falar...

– Mas eu posso! – respondeu o Lírio. – É só aparecer alguém com quem valha a pena conversar.

Alice assustou-se tanto que quase perdeu a voz.

– Quer dizer que todas as flores conseguem falar?

Uma rosa respondeu por ele:

– Seria uma falta de educação da nossa parte iniciar a conversa. Estávamos só esperando até que a senhorita dissesse alguma coisa.

– E vocês não têm medo de ficar aqui plantadas, impossibilitadas de sair do lugar? – perguntou Alice.

– Claro que não – respondeu a Rosa. – Além do mais, temos a árvore do meio.

– Mas caso aconteça alguma coisa, o que é que ela pode fazer? – perguntou Alice.

– Ela pode abrir um berreiro. É por isso que os salgueiros são chamados de chorões, ou vai me dizer que nem isso você sabia?

Alice se irritou com a provocação. Agachou-se, apontou o dedo para a Rosa e disse, brava:

– Cale a boca senão eu te colho!

Então voltou a conversar com o Lírio-tigre.

– Há mais alguém além de mim aqui no jardim? Quer dizer... alguém humano?

Lírio-tigre explicou que ali havia outra flor capaz de andar, só que mais vermelha que Alice.

– Olha lá! Ela está vindo! – gritou uma Esporinha.

Alice se virou e ao longe avistou a Rainha Vermelha. Ela havia crescido estrondosamente. De sete centímetros de altura espichou para a estatura de uma rainha de verdade.

— Acho que vou lá falar com ela — comentou Alice, pois embora a conversa com as flores estivesse bem interessante, não se comparava a conversar com uma rainha de verdade.

Então Alice fez o que seria o mais natural: foi andando em direção à Rainha.

— Eu, se fosse você, andaria na direção contrária — disse a Rosa.

Para grande espanto da menina, a flor tinha razão, pois a Rainha estava ficando para trás. Alice resolveu mudar sua tática. Deu as costas para a Rainha e foi andando em direção contrária. Quando viu, trombou com ela.

— De onde vem? Para onde vai? E por que veio até aqui? — perguntou a Rainha, assim, de supetão.

— Eu só queria ver como é o jardim, Majestade — respondeu Alice.

A Rainha Vermelha olhou bem para ela e lhe deu uns tapinhas na cabeça.

— Sei, sei... Mas perto dos jardins que eu conheci, esse aqui mais parece um matagal...

As duas saíram andando em silêncio e subiram um pequeno morro. Alice olhou à sua volta, observando a região. Notou que o campo estava demarcado como um grande tabuleiro de xadrez, com minúsculos riachinhos cortando-o de lado a lado e uma porção de pequenas cercas verdes dividindo-o. Inclusive havia peças se mexendo.

— Veja! É uma fantástica partida de xadrez que está sendo jogada! Eu adoraria participar, nem que tivesse de ser um Peão. Claro que na verdade eu preferia ser uma Rainha.

Alice mal acabou de falar e se deu conta de que aquela poderia ter sido uma tremenda gafe. Olhou de rabo de olho para a Rainha de verdade, mas esta apenas sorriu de volta.

— Bem, isso é fácil. Se você quiser, poderá ser o Peão da Rainha Branca. Neste momento estamos na Segunda Casa. Quando você alcançar a Oitava Casa, vira Rainha.

De repente, sem nenhum motivo sequer, Alice e a Rainha começaram a correr. E não foi uma corridinha, não. Correram em velocidade máxima. No entanto, curiosamente nada mudava de lugar em volta delas. Alice chegou a pensar que talvez todas as coisas estivessem correndo também.

– Mais rápido! – gritou a Rainha.

E Alice corria, corria e corria. Quando achava que ia ter um treco de tanto correr, a Rainha encostou numa árvore e disse:

– Pronto. Pode parar e descansar.

Alice olhou à sua volta e viu que a árvore onde a Rainha estava encostada era a mesma de antes da corrida.

– Estranho... Na minha terra, se a gente corre tão rápido durante tanto tempo, normalmente chegamos a outro lugar.

– Que tédio isso – respondeu a Rainha. – Aqui você tem de correr para continuar no mesmo lugar. Bem, enquanto você se recupera, vou tirar as medidas.

A Rainha tirou uma fita métrica do bolso e começou a medir o terreno. Foi fincando pequenas estacas aqui e ali.

– Ao fim de dois metros eu lhe darei instruções – disse a Rainha, fincando uma estaca. – Ao fim de três metros vou repetir essas instruções. Ao fim de quatro metros direi adeus. E ao fim de cinco metros vou sumir.

Então a Rainha voltou e começou sua explicação.

– Você é um Peão, certo? Muito bem, no seu primeiro movimento o Peão avança duas casas. Portanto você vai avançar muito rapidamente para a Terceira Casa. Irá de trem, por sinal. E logo mais chegará à Quarta Casa, que pertence a Tweedledum e Tweedledee. A Quinta Casa é só água. A Sexta Casa é do Humpty Dumpty. A Sétima Casa fica no bosque. Um dos Cavaleiros vai lhe mostrar o caminho. Na Oitava Casa nós, as Rainhas, nos encontraremos novamente. Daí é só alegria.

No movimento seguinte a Rainha chegou à última estaca e, zapt!, escafedeu-se. Alice não entendeu como ela fez isso. Mas logo se lembrou de que agora ela era um Peão e que em breve teria de se locomover.

3. Os insetos do espelho

Alice correu morro abaixo e saltou por cima do primeiro de seis riachinhos:

~~~~~~
~~~~~~
~~~~~~
~~~~~~
~~~~~~

Logo, Alice estava sentada no vagão de passageiros de um trem.
– Passagens, por favor – disse o guarda, enfiando a cabeça dentro da cabine. Sim, você mesmo, senhorita – insistiu o guarda. – Mostre sua passagem!

Situação complicada aquela. Primeiro, porque Alice não entendia como tinha ido parar ali; e depois, porque ela teria de se explicar com o guarda.

Nessa hora, Alice ouviu um refrão de mil vozes, como se estivesse num musical.

– Sim, mostre a passagem. Não o faça esperar!
– Desculpe, mas não tenho passagem. Lá de onde vim não tinha guichê para comprar.
– Isso é desculpa – retrucou o guarda. – Devia ter comprado com o maquinista.

E o coro de mil vozes ecoou: "Com o maquinista. Devia ter comprado com o maquinista".

Alice pensou: "Ah, se é assim, de que adianta eu falar?".

E ficou surpresa, pois as vozes também pensaram em coro:
– Melhor não dizer nada mesmo.
– Argh... – rosnou o guarda. – Você está na direção errada.
Depois ele fechou a janela do vagão e se foi.

No banco à frente de Alice havia um cavalheiro bastante elegante, trajando branco. Suas roupas eram feitas de papel e tinham um belo corte. Mas ao lado dele encontrava-se um passageiro ainda mais exótico: um Bode.

– Ela devia saber chegar ao guichê – comentou o Bode.

O terceiro passageiro era um Besouro, que, por sua vez, disse:

– Aposto que ela será despachada de volta, feito bagagem.

Aparentemente não havia ninguém sentado ao lado do Besouro, apenas um fiozinho de voz, pois Alice ouviu o seguinte:

– Sei que você é minha amiga – disse a vozinha. – Uma boa e velha amiga. E por isso você não vai me ferir, apesar de eu ser um inseto.

– Que tipo de inseto? – perguntou Alice.

A intenção de sua pergunta era descobrir se aquele era um inseto que picava ou não. Mas a vozinha, que agora era um inseto de verdade, não conseguiu responder, pois bem nessa hora o trem saltou por cima de um riacho.

Quando Alice deu por si, estava sentada sob uma árvore. O Mosquito (esse era o inseto com quem ela conversava no trem) estava acima da sua cabeça, balançando num galho. Ele tinha mais ou menos o tamanho de uma galinha.

– Quer dizer que a senhorita não gosta de insetos? – perguntou o Mosquito.

– Quando eles falam, eu gosto. É que lá de onde eu venho insetos não falam.

– Hum... Que tipo de inseto mais lhe agrada?

– Bem, insetos não me agradam. Tenho um pouco de medo deles. Mas posso dizer o nome de alguns. A Mutuca, por exemplo – disse Alice, contando nos dedos os nomes de insetos.

– Mutuca, né? Sei, sei... – disse o Mosquito. – Olha só, no meio daquele arbusto ali tem uma Mutuca Cavalinho.

– O que ela come? – perguntou Alice, bastante interessada.

– Seiva e serragem.

– Tem também a Libélula – prosseguiu Alice.

– No galho acima da sua cabeça tem a Libélula Intrépida. O corpo é de pudim de ameixa, as asas são de azevinho e a cabeça é de passa flambada ao conhaque.

— E o que ela come? – perguntou Alice novamente.

— Manjar de coco e torta de carne.

— Tem também a Borboleta...

— Olha ali. Bem aos seus pés tem uma Borboleta Pão com Manteiga – disse o Mosquito. – Suas asas são fatias de pão com manteiga. O corpo é de casca de pão e a cabeça é um torrão de açúcar.

— E o que ela come? – perguntou Alice.

— Chá fraco com creme.

De repente o Mosquito deixou a árvore e começou a voar ao redor da cabeça de Alice. Perguntou:

— Você não gostaria de perder seu nome, né?

— Claro que não – respondeu Alice, chateada com a pergunta. Quem manda ficar de papo-furado com um mosquito?

Alice se levantou e saiu andando. Chegou a um bosque. Era um tanto quanto sombrio, e Alice sentiu um pouco de medo, mas depois de parar e pensar resolveu que deveria seguir em frente. Afinal, esse era o único caminho até a Oitava Casa.

Recapitulando a conversa com o Mosquito, de repente Alice sentiu um frio na espinha.

– Hum... Acho que esse é o bosque onde as coisas não têm nome. E agora, o que será que vai acontecer com o meu nome?

Alice começou a especular como seria a vida se ela perdesse seu nome e tivesse de ficar chamando todas as coisas de "Alice" até que uma respondesse. "Se bem que se forem espertas, simplesmente não responderiam..."

Alice começou a falar sozinha, como era do seu feitio. Quando se deparou com uma árvore frondosa, perfeita para um descanso, disse:

– Ai, vai ser uma delícia sentar sob essa... coisa.

Bastante perturbada, ela encostou a mão no tronco da árvore e se perguntou:

– Nossa, como é mesmo o nome disso?

Mas a palavra não veio.

– Acho que a coisa aconteceu! E quem sou eu? Não consigo me lembrar...

E lá ficou, fazendo um esforço tremendo para lembrar o próprio nome, quando uma Corça passou

bem na sua frente. Por mais estranho que pareça, quando a Corça avistou a menina sem nome, não se assustou. Muito pelo contrário, ela até se aproximou e perguntou:

– Como você se chama?

– Não me chamo nada, por enquanto – respondeu a menina.

Nesse instante, nossa esperta protagonista teve uma ideia.

– Poderia me dizer como você se chama? – perguntou à Corça.

– Aqui não consigo me lembrar. Mas se andarmos um pouquinho, até ali na frente...

Grudadas uma na outra, as duas foram andando pelo bosque. Quando chegaram a um campo aberto, de repente a Corça deu um pinote, soltou-se dos braços de Alice e gritou:

– Sou uma Corça! E você é uma humana!

Num piscar de olhos a Corça começou a tremer de medo e saiu em disparada.

Alice lamentou ter perdido a companheira de viagem, mas se alegrou ao perceber que recuperava a memória de seu nome, assim como de todas as outras coisas. Ufa! Seguiu andando até que encontrou uma estrada com duas setas, sendo que ambas apontavam na mesma direção.

Uma dizia:

E a outra:

– Decerto devem morar na mesma casa. Vou fazer uma visitinha rápida, perguntar como faço para sair do bosque e dar no pé. Quero chegar à Oitava Casa antes do anoitecer.

E assim ela seguiu pela estradinha, até que trombou com dois gorduchos numa curva fechada. Só podiam ser

4. Tweedledum e Tweedledee

Eles estavam paradinhos sob uma árvore. Foi fácil saber quem era quem, pois na gola da blusa de um estava bordado "DUM" e na do outro, "DEE". Talvez na parte de trás das golas estivesse bordado "TWEEDLE".

Estavam tão quietos que nem pareciam vivos. Por isso Alice foi dando a volta para ver se estava mesmo escrito "TWEEDLE" em suas costas.

— Tá achando que a gente é boneco de cera, é? – disse Tweedledum.

Alice levou o maior susto.

— Oh, perdão!

A pobre garota nem conseguiu se explicar, pois em sua cabeça retumbava a letra de uma antiga canção, muito famosa, que sua mãe costumava cantar quando ela era menor. A letra contava a história de dois irmãos, Tweedledee e Tweedledum, que estavam discutindo porque Tweedledee havia quebrado o chocalho de Tweedledum, e os dois já iam partir para a briga quando surgiu um corvo imenso e eles saíram correndo.

— Sei muito bem no que a senhorita está pensando – disse Tweedledum –, mas não é nada disso.

— Eu estava pensando em qual é o melhor caminho para sair deste bosque. Será que vocês poderiam me dizer?

Os dois apenas se olharam e trocaram sorrisinhos. Tweedledum foi o primeiro a falar.

— Você fez tudo errado, mocinha. Numa visita, a primeira coisa a fazer é dizer "Como vai?" e dar um aperto de mão.

Tweedledee e Tweedledum se abraçaram e estenderam a mão. Alice ficou em dúvida sobre a mão de quem deveria apertar primeiro. Resolveu apertar as duas ao mesmo tempo. Um segundo depois os três dançavam ciranda. E o mais engraçado é que isso parecia ser uma coisa absolutamente normal, apesar de a música estar saindo das árvores. Isso era possível porque os galhos se esfregavam como se fossem rabecas e arcos. Mas então, do nada, tão de repente como começou, subitamente a dança acabou.

– Gosta de poesia? – disparou Tweedledee.

– Gosto de algumas – respondeu Alice. – Mas será que os senhores poderiam me informar como faço para sair do bosque?

– Qual poesia devo recitar para ela? – perguntou Tweedledee.

– "A Morsa e o Carpinteiro" – respondeu Tweedledum. – É a mais comprida que eu conheço.

Tweedledee começou a recitar a poesia:

– "O sol brilhava..."

Alice interrompeu.

– Já que é tão comprida, será que primeiro poderiam me dizer como faço para sair...

Mas Tweedledee a ignorou e prosseguiu com a longa, longuíssima poesia.

Quando enfim terminou, Alice teve a delicadeza de dizer o que achou. Em sua opinião os personagens do poema, a Morsa e o Carpinteiro, eram muito cruéis. Foi então que Alice ouviu um barulho que lembrava uma locomotiva a vapor. Vinha de algum lugar do bosque.

– O que é isso?

– É o Rei Vermelho roncando – explicou Tweedledee.

Cada irmão agarrou Alice por um braço e levaram-na para ver.

O Rei estava encolhido. Na cabeça, uma touca de dormir vermelha.

– Coitado. Vai pegar um resfriado, dormindo no chão úmido – disse a menina.

– Com o que você acha que ele está sonhando? – perguntou Tweedledee.

– Não dá para saber – respondeu Alice.

– Ele sonha com você! – disse Tweedledee. – E se ele parasse de sonhar com você, você sumiria, pois não passa de uma personagem do sonho dele.

– Se o Rei acordar – disse Tweedledum –, acabou-se o que era doce. Puf!

– Mas eu sou real! – protestou Alice, e começou a chorar.

– Ora, isso não é motivo para choro – disse Tweedledee.

Alice sabia que o que os dois irmãos diziam era absurdo. Realmente, era uma besteira chorar por aquilo.

— Em todo caso, tenho de sair deste bosque. Está ficando muito escuro.

Alice já ia se afastando quando Tweedledum gritou:

— Está vendo aquilo?

— É apenas um chocalho – resmungou Alice, depois de olhar para onde ele estava apontando. – Apenas um chocalho velho e quebrado.

— Eu sabia! – gritou Tweedledum, e olhou feio para Tweedledee. – Sabia! Só que esse chocalho não é velho. É novo! Eu o comprei ontem. Oh! O que aconteceu com meu lindo chocalho novo?!

Enquanto isso, Tweedledee rapidamente tentou se enfiar dentro de um guarda-chuva. Apenas seus pés ficaram para fora. Tweedledum arrancou-o dali. Ele estava possesso e desafiou o irmão para um duelo.

– Teremos de lutar – afirmou Tweedledum.

– Tudo bem – respondeu Tweedledee. – Mas ela vai ter de ajudar a gente a se vestir.

Dito isso, os dois irmãos sumiram para dentro do bosque. Voltaram instantes depois com os braços cheios de travesseiros, cobertores, tapetes, toalhas de mesa e baldes de carvão. Com esses estranhos itens Alice improvisou as armaduras. "Mais parecem trouxas de roupa", pensou.

– Sabe... normalmente eu sou muito corajoso, mas hoje estou com uma dor de cabeça... – choramingou Tweedledum.

– E eu com uma dor de dente... – queixou-se Tweedledee.

– Não precisa ser uma luta muito demorada, né? – disse Tweedledum.

Ficou acertado que eles lutariam apenas até as seis e depois jantariam. Também decidiram que Alice estava autorizada a assistir à luta, contanto que não chegasse muito perto.

– E tudo isso por causa de um chocalho, tsc tsc... – murmurou Alice.

"Se ao menos o enorme corvo chegasse, como na canção...", pensou, mas isso ela não disse.

Tweedledee e Tweedledum estavam prestes a iniciar a luta quando de repente começou a escurecer. Pelo jeito uma tempestade estava a caminho.

– É o corvo! – gritou Tweedledum.

E no instante seguinte os dois irmãos deram no pé.

Alice correu para dentro do bosque e se escondeu debaixo de uma árvore bem grande.

– Aqui ele nunca vai me pegar.

O bater de asas do monstruoso corvo era suficiente para provocar um furacão no bosque. Alice viu um xale passar voando, embalado pelo vento.

5. Lã e água

Alice pegou o xale e olhou à sua volta para ver se encontrava a dona. O que encontrou foi a Rainha Branca correndo feito uma desvairada pelo bosque, abanando os braços. Alice, muito educada, levou o xale até ela. A Rainha estava tão desalinhada, e com os cabelos tão completamente desgrenhados, que Alice perguntou se estava precisando de ajuda para se recompor.

– É que a escova ficou presa nos meus cabelos – explicou a realeza, aceitando a ajuda.

– Agora está bem melhor – disse Alice, depois de desprender a escova e arrumá-los. – A senhora devia arrumar uma criada de quarto.

– Pois eu te contrataria com o maior prazer! – disse a Rainha. – Minha proposta é a seguinte: duas moedinhas por semana e geleia dia sim, dia não.

– Obrigada, mas não gosto muito de geleia.

– É uma geleia deliciosa – insistiu a Rainha.

– Mas é que hoje, especificamente, não quero comer geleia.

– Bem, mesmo que quisesse, a regra é que só se come geleia ontem ou amanhã. Nunca hoje.

– Mas isso significa que mais cedo ou mais tarde comeremos geleia hoje – contra-argumentou Alice.

– De jeito nenhum. A geleia é sempre noutro dia, e hoje nunca é outro dia.

– Não estou entendendo nada – disse Alice. – É muito confuso.

A Rainha fez mais algumas tentativas de explicação, mas isso apenas confundiu Alice ainda mais. A essa altura a menina notou que já estava clareando.

– Olha, que bom! O corvo deve ter ido embora. Isso me deixa tão contente! – exclamou.

A Rainha suspirou.

– Eu adoraria conseguir ficar contente... Você deve ser feliz, morando neste bosque e ficando contente quando bem entende.

— Ah, mas aqui eu me sinto tão sozinha... – disse Alice, e duas lágrimas rolaram pelo seu rosto.

— Não fique assim. Considere a menina que você é. Considere que horas são. Considere o que for, mas não chore.

Alice achou aquilo engraçado.

— Isso para mim é novidade. Fazer considerações para parar de chorar?

— Claro! Vamos considerar a sua idade. Quantos anos você tem?

— Sete anos e meio.

— Eu tenho cento e um anos, cinco meses e um dia.

— Não posso acreditar numa coisa dessas – disse Alice. – É impossível.

— Pois eu vou lhe ensinar a acreditar em coisas impossíveis. É preciso praticar. Na sua idade eu praticava meia hora todos os dias e tinha dias em que conseguia acreditar em seis coisas impossíveis

antes mesmo da hora do café da manhã. Ai, não! Lá se vai meu xale de novo.

Mas dessa vez a Rainha Branca saiu correndo atrás do xale voador e o pegou. Em seguida, saltou um riachinho. Alice a seguiu.

A menina foi parar numa loja. Atrás do balcão, sentada numa cadeira e tricotando, havia uma Ovelha de óculos.

– Pois não... – disse a Ovelha.

A loja estava repleta de objetos interessantes, mas o mais interessante de tudo é que toda vez que Alice olhava para alguma prateleira esta se esvaziava, enquanto as outras continuavam cheias.

– Parece que as coisas aqui fogem de mim.

Outra coisa que chamou sua atenção foi que a Ovelha trabalhava com quatorze pares de agulhas ao mesmo tempo, o que a fazia se parecer com um porco-espinho.

— Sabe remar? – perguntou a Ovelha, e lhe entregou um par de agulhas de tricô.

— Um pouco, mas não no seco, e também não com agulhas de tricô – ia dizendo Alice, quando de repente as agulhas viraram remos e ela se deu conta de que estavam num barquinho, descendo uma ribanceira.

Alice começou a remar.

— Nivelar! Nivelar! – gritou a Ovelha, sentada na ponta do barco, feito um comandante.

Elas não tinham navegado muito quando um dos remos emperrou na água e sua ponta acertou Alice bem no queixo, derrubando-a na água. Rapidinho a menina tratou de voltar para o barco. A Ovelha nem se abalou. Continuou tricotando como se nada tivesse acontecido.

— Então, senhorita. O que é que você deseja comprar aqui? – perguntou a Ovelha.

— Comprar?! – disse Alice, e então se deu conta de que havia voltado para a lojinha escura.

Os remos, o barco e até o rio tinham desaparecido.

— Gostaria de comprar um ovo.

A Ovelha informou o preço, e Alice colocou o valor em cima do balcão. Mas em vez de lhe entregar o ovo, a Ovelha simplesmente pegou o dinheiro e o guardou numa caixinha.

— Nunca ponho as mercadorias nas mãos das pessoas. Portanto, você mesma terá de pegá-lo.

Com movimentos arrastados, a Ovelha foi até um canto da loja e colocou o ovo numa prateleira.

Quanto mais Alice se aproximava, mais o ovo se afastava. Uma coisa realmente irritante. Fora que aquela era uma loja cheia de coisas, e Alice esbarrou numa cadeira. Mas não uma cadeira comum. Era uma cadeira com galhos. Aliás, árvores começaram a brotar dentro da loja. Surgiu até um riacho.

~~~~~~

Assim como a cadeira, tudo foi virando árvore. Alice pressentiu que com o ovo não seria diferente.

6. Humpty Dumpty

O ovo foi ficando cada vez maior e mais humano. Ganhou olhos, nariz e boca. Era o personagem Humpty Dumpty, dos livros infantis! Estava sentado em cima de um muro, com as pernas cruzadas. É um verdadeiro mistério como ele conseguia se equilibrar daquele jeito.

– Parece um ovo – disse Alice, pensando alto.

– Que irritante isso! Ser chamado de ovo... – resmungou Humpty Dumpty. – Qual o seu nome, menina?

– Alice.

– Alice... humpf... Que nome mais bobo! O que significa?

– Um nome tem de significar alguma coisa?

– Óbvio que tem. Meu nome, por exemplo, significa meu formato. Mas com esse seu nome aí, você poderia ter qualquer formato.

Alice não estava nada a fim de discutir esse assunto, por isso perguntou:

– O senhor não estaria mais seguro sentado no chão? Esse muro é tão estreito.

– De jeito nenhum. Fora que se eu caísse, coisa que não vai acontecer, mas se acontecesse... o Rei me prometeu que...

– Mandaria todos os seus cavalos e todos os seus homens – completou Alice.

– Pelo jeito a senhorita anda escutando por trás das portas e das árvores. Como sabe disso?

– Está num livro – explicou Alice.

– Sei, sei... Mas, mudando de assunto, quantos anos você tem mesmo?

– Sete anos e seis meses.

– É uma idade muito incômoda. Você devia ter parado nos sete. Agora é tarde demais – disse Humpty Dumpty.

– Como assim? Uma pessoa pode decidir que não quer envelhecer?

– Uma não, mas duas pessoas juntas podem – explicou Humpty Dumpty.

Já que ficavam mudando de assunto o tempo todo, Alice decidiu que agora seria a sua vez de introduzir um novo tema.

– Muito bonito o seu cinto – disse.

Mas logo ela pensou melhor e se corrigiu.

– Quer dizer, sua gravata. Muito bonita a sua gravata.

– Que coisa! Uma pessoa que não consegue distinguir um cinto de uma gravata! É uma gravata. E foi presente de desaniversário do Rei e da Rainha Brancos.

– Pois eu prefiro presentes de aniversário – comentou Alice.

– Bobagem. Basta ver quantos dias há no ano.

– Trezentos e sessenta e cinco – disse Alice.

– No entanto, você faz aniversário apenas num único dia. E ainda acha isso a glória.

– Como assim, a "glória"? Não sei o que o senhor quer dizer com isso.

– Ora, quando uso uma palavra, ela significa exatamente o que eu quero que signifique. É só saber quem manda!

Alice ficou meio atordoada com o que tinha acabado de ouvir, e Humpty Dumpty prosseguiu.

– As palavras são muito temperamentais. Os verbos, principalmente. Com os adjetivos a gente faz o que quer. Se bem que quando faço uma palavra trabalhar demais, tenho o bom senso de lhe pagar um adicional.

Humpty Dumpty tinha uma relação bastante especial com as palavras. Para mostrar como sabia manejá-las bem, recitou um poema que compôs exclusivamente para Alice.

Ao final, ficou olhando para a cara da menina e comentou:

– Você é tão igual às outras pessoas... Dois olhos com um nariz no meio... Nada de extraordinário. Mas se você tivesse a boca lá em cima, daí, sim, seria uma criatura única.

– Mas seria horrível – protestou Alice.

– Como você sabe, se não tentou?

Alice decidiu que já tinha ouvido o bastante. Era hora de seguir andando.

– De todas as pessoas que conheci na vida... – ia dizendo, mas então um forte estrondo sacudiu todo o bosque.

7. O Leão e o Unicórnio

Quando Alice viu, havia soldados correndo pelo bosque. Num piscar de olhos, ela se escondeu atrás de uma árvore. Eram os soldados mais atrapalhados que já tinha visto na vida. Tropeçavam o tempo inteiro e, quando um caía, vários outros caíam por cima. Depois vieram os cavalos. E até os cavalos vira e mexe tropeçavam. A confusão era tamanha que Alice sentiu um enorme alívio quando saiu do bosque e chegou num descampado. Ali deu de cara com o Rei Branco, que estava sentado no chão, escrevendo alguma coisa no seu bloco de anotações. Ao ver Alice, perguntou:

– Ei, por acaso você encontrou meus soldados lá no bosque?

– Encontrei. Milhares deles.

– Ótimo. Então poderia me fazer um grande favor? Dê uma espiada ali na estrada. Por acaso consegue ver meus dois mensageiros?

Alice olhou; como não os viu, disse:

– Ninguém na estrada.

– Ah, quem me dera ter seus olhos, e conseguir ver Ninguém! Tudo que consigo ver são pessoas reais.

– Agora estou vendo alguém! – disse Alice, que acabara de avistar um mensageiro que estrebuchava enquanto andava, feito um peixe.

– É o Haigha – disse o Rei.

Ele explicou que o nome do outro mensageiro era Hatta, e que ele precisava de dois. Um para ir e um para vir.

Quando Haigha chegou, estava tão esbaforido que mal conseguia falar, apenas fazia caretas estrambóticas.

– Por quem você passou na estrada? – perguntou o Rei.

– Ninguém – respondeu o Mensageiro.

– Sei, essa senhorita também o viu. Então me conte, o que foi que aconteceu na cidade?

O Mensageiro colocou as mãos contra os ouvidos do Rei, como se fosse cochichar, e gritou:

– Eles começaram de novo!

— Quem começou de novo? — perguntou Alice.

— O Leão e o Unicórnio — explicou o Rei. — Estão lutando pela coroa. A minha, no caso. Vamos lá!

Alice se lembrou da letra de uma cantiga que contava a história de um Leão e um Unicórnio que lutavam pela coroa até que, muito cansados, eram afugentados pelo toque de tambores.

O Rei, o Mensageiro e Alice dispararam a correr até que encontraram uma multidão e, lá no meio, o Leão e o Unicórnio lutando. Hatta, o outro mensageiro, também estava ali assistindo à luta, e com as duas mãos ocupadas. Numa segurava uma xícara de chá; na outra, um pedaço de pão com manteiga.

— Como estão se saindo na luta? — perguntou o Rei.

— Muito bem — disse Hatta, depois de engolir um pedaço de pão com manteiga. — Cada um foi derrubado oitenta e sete vezes.

Bem nessa hora o Leão e o Unicórnio fizeram uma pausa. O Rei aproveitou para proclamar.

— Dez minutos de intervalo!

Depois ordenou a Haigha e Hatta que trouxessem um lanche: pão branco e pão preto. Alice estava quieta, apenas observando, quando viu a Rainha Branca passar correndo.

— Como essas Rainhas correm rápido! — comentou com o Rei. — Vossa Majestade não vai correr atrás dela?

— Não adianta — respondeu o Rei. — Ela corre rápido demais, mas é uma boa pessoa.

O Unicórnio, que já havia se recuperado da luta, perguntou ao Rei:

— Será que dessa vez vou me dar bem?

— Talvez, mas você não devia ter furado o Leão com o seu chifre.

— Não chegou a machucar — respondeu o Unicórnio, no maior pouco caso. Nessa hora ele notou Alice.

— O que é isso? — perguntou.

— Uma criança — respondeu Haigha.

— Sempre achei que crianças fossem monstros imaginários — disse o Unicórnio.

– Engraçado. Eu também pensava o mesmo em relação a unicórnios – disse Alice.

– Bem, agora que a gente se conheceu, se você acreditar em mim prometo acreditar em você. Combinado?

– Combinado!

O Unicórnio se virou para o Rei e disse:

– Vá, meu velho, pegue o bolo de passas para nós. E nada de pão preto!

– Claro, claro! – disse o Rei, e se retirou a fim de providenciar o bolo.

Foi a vez de o Leão se juntar a eles. Quando viu Alice, perguntou:

– Você é animal, vegetal ou mineral?

– É uma monstra imaginária – disse o Unicórnio, antes que Alice pudesse abrir a boca.

– Uma monstra? Interessante. Então sirva o bolo para nós, monstrenguinha.

Quando o Rei voltou com o bolo, Alice se incumbiu de servi-lo. No entanto, por mais que tentasse cortar as fatias, elas voltavam a se juntar.

– Coitada, a Monstra não sabe cortar bolos do Espelho – observou o Unicórnio.

Muito solícito, ele explicou como ela deveria fazer. Primeiro Alice deveria servi-lo e depois cortá-lo. Alice achou aquilo absurdo, mas fez conforme o Unicórnio mandou. Passou o prato por toda a roda, e o bolo se dividiu em três pedaços.

– Isso não é justo! – protestou o Unicórnio. – O pedaço do Leão é o dobro do meu!

– Bem, mas ela também não pegou nada para si. Por acaso você não gosta de bolo de passas, Monstra? – perguntou o Leão.

Alice estava prestes a responder quando os tambores começaram a tocar com tamanho estardalhaço que ela achou que fosse ficar surda. Apavorada, pulou o riachinho.

8. É uma invenção minha

Alice levantou a cabeça e não encontrou mais ninguém. Só sobrou o prato onde antes estava o bolo. Ela começava a especular o que teria acontecido, quando ouviu o seguinte:

– Xeque!

Um cavaleiro com armadura vermelha vinha galopando em sua direção.

– Você é minha prisioneira! – gritou, e caiu do cavalo.

Rapidamente se recompôs e voltou a montar. Continuou o que ia dizendo:

– Você é minha...

Mas foi interrompido por outro grito:

– Xeque!

Era o Cavaleiro Branco. Tal qual o Cavaleiro Vermelho, ele parou ao lado de Alice e caiu do cavalo. Então se levantou e ficou encarando o Cavaleiro Vermelho. Alice só olhava de um para o outro. De repente os dois cavaleiros começaram a lutar por ela. E lutavam com tamanha fúria que a batalha só terminou quando ambos caíram, lado a lado. Então se levantaram e trocaram apertos de mão. O Cavaleiro Vermelho montou no seu cavalo e se foi.

– Que bela vitória! – disse o Cavaleiro Branco. – Não achou?

– Na verdade, não sei. Não quero ser prisioneira de ninguém. Quero ser Rainha.

– Pois Rainha será, assim que atravessar o próximo riacho. Venha comigo. Vou levá-la até a orla do bosque.

Não foi uma viagem fácil. O Cavaleiro mal conseguia parar em cima do cavalo. Ora era o cavalo que empacava, ora era o Cavaleiro que caía para trás, ora caía de lado e ora caía de frente. Até em cima da Alice, que ia a pé, ele caiu.

– Pelo jeito o senhor não tem muita prática em cavalgar – comentou Alice, enquanto o Cavaleiro se recuperava do quinto tombo.

– Imagine... Tenho bastante prática. Muita prática, aliás.

Alice achou melhor não dizer mais nada. Agora o cavaleiro ia resmungando baixinho. Aflita, Alice já pensava no próximo tombo. Aos poucos os dois recomeçaram a conversar, e o Cavaleiro comentou que era um sujeito bastante inventivo, tanto que tinha inventado uma receita de pudim. Os ingredientes eram mata-borrão e pólvora. Ele ia dando mais detalhes da sua invenção quando alcançaram a orla do bosque. Nesse momento, o Cavaleiro resolveu que cantaria uma canção de sua autoria para Alice.

– Todos que me ouvem cantá-la choram de emoção.

Alice logo reconheceu a melodia. "Mas não foi ele quem inventou esta canção", pensou. Em todo caso, ficou bem quieta e ouviu. Só não chegou a se emocionar. Assim que o Cavaleiro encerrou a cantoria, virou seu cavalo para o caminho por onde tinham vindo.

– Agora você só precisa descer esse morro e pular aquele riachinho. Daí será uma Rainha. Mas, antes, faria o favor de ficar aí um pouquinho, para me ver partir? Se a senhorita pudesse acenar o seu lencinho quando eu chegar à curva da estrada, isso me daria muita coragem...

Alice concordou e agradeceu.

– Obrigada por me acompanhar, e pela canção. Gostei muitíssimo.

– É, mas não chorou como eu gostaria – resmungou o Cavaleiro.

Antes de chegar à tal curva, ele caiu do cavalo quatro ou cinco vezes. Alice acenou seu lencinho e ficou esperando até que ele sumisse de vista.

Depois de alguns passos ela encontrou o riacho.

~~~~~~

Agora Alice estava num gramado macio e cheio de canteiros de flores. Notou também que havia alguma coisa em volta da sua cabeça. Levantou os braços para ver o que era e apalpou uma coroa de ouro.

9. Rainha Alice

Alice ficou maravilhada. Não achava que seria rainha tão cedo. Mas logo se levantou e começou a caminhar por ali para treinar andar de coroa. "É só uma questão de tempo para eu me acostumar. Levo jeito para isso!", pensou.

Segundos depois, quando percebeu que estava sentada com a Rainha Vermelha de um lado e a Rainha Branca do outro, nem estranhou. Tudo estava acontecendo de forma tão esquisita mesmo... Pensou, sim, em perguntar se o jogo havia acabado. Virou-se para a Rainha Vermelha e começou a formular a pergunta quando:

— Shhh! Fale apenas quando falarem com você!

— Mas isso não vai dar certo. Se não posso falar, e a outra pessoa ficar esperando que eu fale primeiro, ninguém nunca vai falar nada!

— Ah! Você não entende nada mesmo – retrucou a Rainha Vermelha. Depois de uma breve pausa, ela mesma voltou a falar:

— A senhorita está convidada para o jantar de Alice hoje à noite.

— Hã?! Se o jantar é meu, eu é quem deveria convidar as pessoas.

— Não convidou porque não quis. Teve várias oportunidades para isso – disse a Rainha Vermelha. – Pelo jeito você não teve aulas de boas maneiras na escola.

— De fato, não tive – disse Alice. – Na escola tenho aula de matemática, ciências, gramática, essas coisas.

— Matemática? Então me diga quanto é um mais um mais um mais um mais um mais um mais um mais um mais um mais um?

— Hum... Não sei dizer. Perdi a conta – respondeu Alice.

— Estou vendo que não sabe adição – disse a Rainha Vermelha. – Vamos tentar subtração. Quanto é oito menos nove?

— Não consigo tirar nove de oito – respondeu Alice.

— Não sabe subtração – constatou a Rainha Branca. – Vamos tentar divisão. Se dividirmos um pão por uma faca, qual o resultado?

— Hãã... bem... – Alice não soube responder.

— Nem divisão ela sabe – disse a Rainha Vermelha. – Bem, vamos deixar a matemática de lado. Qual a causa do relâmpago?

– Essa eu sei! É o trovão. Não, espera aí! É o contrário.

– Não! Nada de se corrigir. Depois que disse, está dito. Não tem volta – disse a Rainha Vermelha.

– Falando em trovão, lembra daquela tempestade terrível que tivemos na semana passada? – disse a Rainha Branca. – Parte do telhado desabou e os trovões caíram dentro de casa. Ficaram rolando pela sala. Fiquei com tanto medo que achei que no meio daquela confusão não lembraria nem do meu nome.

"Que bobagem", pensou Alice. "Numa situação dessas quem é que vai tentar lembrar do próprio nome?"

A Rainha Vermelha, parecendo adivinhar os pensamentos da Alice, disse:

– Não repare, não. Ela é boa pessoa, mas vira e mexe solta uma bobagem. É que ela nunca recebeu uma boa educação. Dê uns tapinhas na cabeça dela para ver como ela gosta.

Alice não teve coragem. Só ficou olhando de soslaio para a Rainha Branca. Esta, por sua vez, deu um suspiro e encostou a cabeça no ombro da Alice.

– Ai que soninho...

– Cante uma cantiga de ninar para ela – disse a Rainha Vermelha.

– Não conheço nenhuma – disse Alice.

– Nesse caso, canto eu – disse a Rainha Vermelha, e começou a cantarolar.

Foi cantarolando de um jeito meio mole até que ela também encostou a cabeça no ombro da Alice. Instantes depois as duas rainhas tinham capotado. Roncavam pesado.

– Acho que em toda a história da Inglaterra nunca aconteceu de alguém tomar conta de duas rainhas ao mesmo tempo – disse Alice. – Bem, isso porque nunca existiu mais de uma Rainha ao mesmo tempo.

Mas como num passe de mágica, de repente as duas cabeças sumiram e Alice estava em pé, parada em frente a uma porta com um arco em cima. Nele estava escrito "RAINHA ALICE". Num lado do arco havia a Campainha das Visitas. No outro, a Campainha dos Criados.

– Não sou nem um nem outro... – disse Alice, e resolveu bater na porta.

Bateu por um tempão e nada aconteceu. Um sapo velho que estava sentado logo ali, vestido com uma roupa amarela, veio até ela.

– Qual o problema? – perguntou o Sapo, com sua voz rouca.

– Ninguém atende à porta – disse Alice.

– Atendê-la? Mas ela pediu alguma coisa?

– Não. Eu bati na porta e ninguém atende.

– É só você parar de bater na coitada – disse o Sapo. – Ela não gosta. Fica irritada. Deixe-a em paz e ela também te deixará em paz.

Mas justo então a porta se abriu e Alice avistou um grande salão com uma mesa no meio. Havia cerca de cinquenta convidados sentados. Alguns eram animais, outros aves, e alguns eram flores. Na cabeceira da mesa havia três cadeiras, onde estavam sentadas a Rainha Vermelha e a Rainha Branca. A cadeira do meio estava vazia, e foi ali que Alice se sentou.

– Sirvam o assado! – ordenou a Rainha Vermelha.

Os garçons trouxeram uma perna de carneiro e a puseram na frente da Alice. Isso a deixou um pouco sem jeito, pois não sabia como comer aquilo. A Rainha Vermelha percebeu seu constrangimento e ofereceu ajuda.

– Deixe que eu te apresente a perna de carneiro. Alice, Carneiro... Carneiro, esta é Alice.

A perna de carneiro se levantou e fez uma reverência. Primeiro Alice retribuiu o cumprimento, depois perguntou às Rainhas se aceitariam uma fatia.

Foi uma ofensa terrível.

– De jeito nenhum! Que falta de educação fatiar alguém a quem você acaba de ser apresentada! – disse a Rainha Vermelha. – Levem o assado!

Rapidinho os garçons retiraram o assado e trouxeram um pudim.

– Oh! Por favor! Não me apresentem ao pudim – suplicou Alice.

A Rainha Vermelha nem lhe deu ouvidos. Apresentou Alice ao pudim e imediatamente pediu ao garçom que o retirasse. Mas então Alice decidiu que, como ela também era Rainha, podia dar ordens. Ordenou aos garçons que trouxessem o pudim de volta, pegou uma faca e cortou uma fatia.

– Ai! O que é isso? – protestou o Pudim. – Gostaria que eu cortasse uma fatia sua?

Alice não soube como responder. Ficou ali boquiaberta, encarando o Pudim.

– Diga alguma coisa! – gritou a Rainha Vermelha. – Ou você vai permitir que o Pudim tome conta da situação?

Na dúvida sobre o que fazer, Alice começou a discutir poesia. Deu certo. As duas rainhas tinham opiniões veementes nesse assunto. A Rainha Branca se ofereceu para recitar uma adivinhação sobre peixes. Depois a Rainha Vermelha propôs um brinde à saúde da Rainha Alice.

A maneira como os convidados começaram a beber era bem estranha. Alguns colocaram os copos sobre a cabeça e bebiam o que escorria pelo rosto. Outros derrubavam a garrafa e bebiam o que escorria pela lateral da mesa.

– Agora é sua vez de fazer um discurso de agradecimento – sussurrou a Rainha Vermelha para Alice.

Alice se levantou e iniciou sua fala:

– Levanto-me para agradecer – e então Alice de fato começou a levantar.

Desgrudou do chão e foi subindo... Teve de se agarrar à mesa.

– Cuidado – sussurrou a Rainha Branca ao seu ouvido. – Alguma coisa está prestes a acontecer.

E foi nesse instante que aconteceram as coisas mais estapafúrdias, tudo ao mesmo tempo. As velas cresceram até alcançarem o teto. Cada garrafa pegou um par de pratos e os encaixou nas costas como se fossem asas. Vestiram os garfos como pernas e saíram voando. A concha de sopa começou a andar pela mesa. Veio correndo em direção à Alice, ordenando que ela saísse da frente. Mas nesse ponto Alice se irritou. "Chega!" Agarrou a toalha da mesa e puxou com toda a força. Tudo voou pelos ares. Alice se virou para a Rainha Vermelha e já ia lhe dando uma bronca, quando não a viu mais. Agora ela estava debaixo da mesa, e tinha encolhido. Estava do tamanho de uma boneca. Alice agarrou a Rainha.

– E você! – disse, muito brava. – Vou sacudi-la até que volte a ser uma gatinha.

10. Sacode

Alice sacudiu a Rainha sem dó. Mas a Rainha Vermelha nem protestou, pois seu rosto foi diminuindo, os olhos foram crescendo e esverdeando. Também foi ficando mais gordinha e macia, redonda, peluda e...

11. Acordou

... e no fim era mesmo uma gatinha.

12. Quem foi que sonhou?

— Kitty, você me acordou de um sonho tão maravilhoso! E sabe que você estava lá comigo? Pois é, você também foi para o mundo do Espelho.

Kitty não respondeu. Apenas ronronou, um ronronado que não dava para saber se era sim ou não.

Alice se ajoelhou e procurou entre as peças de xadrez até encontrar a Rainha Vermelha. Pegou Kitty no colo e colocou uma de frente para a outra.

— Agora confesse, Kitty! Foi nela que você se transformou, não foi?

Kitty só virava a cabeça, desviando os olhos da Rainha. Parecia um pouco envergonhada.

Ali ao lado, a Gatinha Branca continuava sob os cuidados de Dinah, que muito pacientemente ia terminando seu banho.

— Vai ver é por isso que você estava tão desalinhada no meu sonho – comentou Alice. – E você, Dinah, que falta de respeito! Não percebe que está esfregando a Rainha Branca? Aliás, no que foi que você se transformou, Dinah? Será que você era Humpty Dumpty?

Alice ainda tinha mais uma dúvida, e essa parecia ser a mais complicada de todas. Quem foi que sonhou tudo aquilo?

— Será que fui eu ou o Rei Vermelho? Ele fez parte do meu sonho, mas eu também fiz parte do dele. O que você acha, Kitty?

Mas Kitty não respondia. Havia voltado ao banho e lambia as próprias patas.

E você? Quem você acha que sonhou?

Quem foi Lewis Carroll?

Lewis Carroll nasceu em 1832, na Inglaterra. Foi matemático, fotógrafo e romancista. Tornou-se mundialmente conhecido pelo livro *Alice no País das Maravilhas*, publicado pela primeira vez em 1865. Seis anos depois, o autor lançou uma nova aventura: *Alice através do espelho*. Na imaginação de Carroll, esta segunda história aconteceria seis meses depois da primeira, na qual sua protagonista está brincando num jardim, num dia de verão. Neste segundo livro, é inverno e ela está dentro de casa. Mas em ambas as histórias Alice escapa do mundo real e mergulha num universo fantástico onde tudo foge à lógica. Em *Alice através do espelho* novas possibilidades de tempo e espaço são experimentadas, resultando em situações absurdas e fascinantes. Carroll morreu em 1898, na Inglaterra.

Quem é Índigo?

Índigo, escritora, nasceu em Campinas e atualmente vive em São Lourenço da Serra (SP). É autora dos livros *Gagá – Memórias de uma mente pirilampa (Scipione), Casal verde (Caramelo), Perdendo perninhas* (Scipione), entre outros. Índigo também escreve diariamente na internet há mais de 10 anos.

Quem é Laura Michell?

Ilustradora e professora de pintura e gravura, nasceu na província de Santa Cruz, na Argentina, em 1968. Cursou Pintura e Gravura na Escola Nacional de Belas Artes Prilidiano Pueyrredón e licenciou-se em Artes Visuais pelo Instituto Universitário Nacional de Arte, ambos em Buenos Aires. Seu primeiro trabalho na área de ilustração infantil foi feito para o livro *Cuentos de estación* (1997), de Irene Klein, publicado pela Plus Ultra.

Alice através do espelho

Lewis Carroll

adaptação de Índigo
ilustrações de Laura Michell

Naquela manhã de inverno nevava, por isso Alice não podia sair para brincar lá fora. Tinha que se contentar com o tabuleiro de xadrez e as conversas com sua gatinha Kitty. Mas, ao se olhar no espelho da sala, a menina começou a imaginar como seria a vida de quem morava na Casa do Espelho. Então, como num passe de mágica, Alice conseguiu atravessá-lo e acabou encontrando um lugar fantástico, onde aconteciam coisas incríveis.

Este encarte faz parte do livro. Não pode ser vendido separadamente.

editora scipione

Os personagens

1. Na primeira coluna estão listados os nomes de alguns personagens da história de *Alice através do espelho*; na segunda, a descrição desses personagens ou ações realizadas por eles. Associe corretamente as duas colunas.

a) Alice

b) Rainha Vermelha

c) Rei Vermelho

d) Rainha Branca

e) Rei Branco

f) Humpty Dumpty

g) Kitty

(   ) Muito espoleta, filha de Dinah.

(   ) Garota de sete anos e meio, esperta e curiosa, que gosta de jogar xadrez.

(   ) Mora na Sexta Casa. Tem formato de ovo e usa gravata.

(   ) Está sempre escrevendo alguma coisa em seu bloco de anotações.

(   ) Usa uma touca de dormir vermelha e dorme no meio do jogo.

(   ) Tem cento e um anos, cinco meses e um dia e está sempre correndo, por isso ao encontrar Alice está com o cabelo despenteado.

(   ) Esse personagem ensina a Alice as regras do jogo de xadrez.

2. A Rainha Branca diz para Alice que, quando era criança, praticava meia hora todos os dias para acreditar em coisas impossíveis, e que às vezes conseguia acreditar em até seis delas num só dia. Imagine que você é esse personagem. Faça uma lista de seis coisas impossíveis de se acreditar:

1. _____

2. _____

3. _____
4. _____
5. _____
6. _____

 No capítulo 3, o Mosquito mostra a Alice alguns personagens do bosque. Leia as características dos insetos que ele apresentou à menina. Depois, complete o quadro com sua própria lista de insetos esquisitos e faça um desenho para mostrar como seriam eles.

Nome do personagem	Como ele é?	O que ele come?	Desenho do bicho
A Libélula Intrépida	Tem corpo de pudim de ameixa, asas de azevinho e cabeça de passa flambada ao conhaque.	Manjar de coco e torta de carne.	
A Borboleta Pão com Manteiga	Tem asas de fatias de pão com manteiga, o corpo de casca de pão e cabeça de torrão de açúcar.	Chá fraco com creme.	

Relembrando a história

1) Do outro lado do espelho, Alice vive várias aventuras. Numere-as na sequência correta dos acontecimentos.

( ) Alice compra um ovo na loja da Ovelha, mas ele se transforma em Humpty Dumpty.

( ) Alice estava conversando com sua gatinha Kitty, depois de jogar xadrez na sala de sua casa.

( ) A Rainha Vermelha demarca as casas do tabuleiro de xadrez e ensina as regras do jogo a Alice.

( ) Os cavaleiros Branco e Vermelho lutam por Alice.

( ) Alice é coroada Rainha.

( ) Alice entra em um jardim maravilhoso, onde se encontra com o Lírio-tigre e a Rosa.

( ) Alice acorda na sala de sua casa.

( ) Tweedledum e Tweedledee estão paradinhos sob uma árvore até serem reconhecidos por Alice, com quem começam a conversar. Mas os irmãos acabam brigando por causa de um chocalho quebrado.

( ) Alice entra no bosque onde as coisas não têm nome e se encontra com a Corça.

( ) Alice encontra a Rainha Branca, que está correndo atrás do seu xale.

( ) O Rei Branco e Alice se encontram e assistem à luta entre o Leão e o Unicórnio.

2) Quando Alice se encontra com Tweedledum e Tweedledee, ela se lembra da letra de uma canção que contava a história de dois irmãos. Que história era essa?

_____
_____
_____
_____

3 Quando Alice entra do outro lado do espelho descobre que algumas coisas por lá acontecem ao contrário. Veja o exemplo dado a seguir. Depois, procure no texto outras situações como essa.

a) Para se encontrar com a Rainha Vermelha, em vez de andar para frente, Alice deu as costas para ela e andou para trás.

b) _____

c) _____

d) _____

4 Agora é a sua vez! Se você entrasse do outro lado do espelho, que coisas você acha que seriam ao contrário? Faça sua lista abaixo.

Um pouco de Língua Portuguesa

 Você encontrou palavras desconhecidas na obra *Alice através do espelho*? As oito palavras a seguir, retiradas da história, estão escritas de trás para frente. Para descobrir que palavras são essas, você deve lê-las do final para o começo. Em seguida, escreva o significado delas. Se precisar, consulte o dicionário.

etnemasorodnortse: _____

ralucepse: _____

sodahnergsed: _____

saidrúfapatse: _____

efag: _____

adariavsed: _____

atelopse: _____

ariecnabir: _____

Humpty Dumpty, personagem que Alice encontra do outro lado do espelho, tinha uma relação bastante especial com as palavras. Ele chega a dizer para Alice que "As palavras são muito temperamentais. Os verbos, principalmente. Com os adjetivos a gente faz o que quer" (p. 34). E você, sabe quais são as funções das palavras? Leia as frases que estão na primeira coluna da tabela, depois distribua as palavras grifadas de acordo com a classificação delas.

Frase	Verbo	Substantivo	Adjetivo
Era um cavalheiro bastante elegante.			
O Rei Vermelho dormiu feliz.			
Era um chocalho velho.			
A Rainha correu desalinhada.			
Kitty era tão travessa.			
Alice estava entediada.			
O espelho ficou fino como gaze.			
Alice chegou a um jardim maravilhoso.			
Eram os soldados mais atrapalhados que já tinha visto.			

Um pouco de Matemática

1) A Rainha Vermelha usa uma fita métrica para medir o terreno onde acontecerá o jogo de xadrez. Nesse caso, ela usa como unidade de medida o *metro*. Leia as instruções abaixo e complete o quadro com a unidade de medida mais indicada para cada caso.

Para medir a largura de uma revista.	
Para medir a espessura da capa de um livro.	
Para medir o comprimento de uma estrada.	
Para medir a distância entre duas cidades.	
Para medir a largura de uma sala de aula.	

2) A Rainha Vermelha propõe alguns problemas que Alice não consegue resolver. Será que você consegue solucionar os seguintes?

a) Pão está para manteiga, assim como torrada está para...

( ) geleia

( ) café

( ) biscoito

( ) macarrão

b) As sílabas *to-qui-mos*, depois de colocadas em ordem, formarão o nome de um...

( ) país

( ) alimento

( ) meio de transporte

( ) inseto

c) Alice tinha 12 laranjas, deu a metade para a Rainha Vermelha e um terço para a Rainha Branca. Depois, ganhou mais quatro do Rei Branco antes de chupar duas. Com quantas laranjas ela ficou no final?

( ) 5
( ) 4
( ) 2
( ) 6

Você é o autor!

1 Humpty Dumpty recitou um poema que compôs para Alice. Mas esse poema não aparece na história. Imagine o que ele escreveu sobre a menina e crie um poema no espaço abaixo. Depois, faça um desenho para ilustrá-lo.

2 Faz de conta que você conseguiu atravessar o espelho, como Alice. O que você encontrou do outro lado? Como seria a vida por lá? Escreva a sua versão da história em uma folha à parte.

Divirta-se!

1 Quando as rainhas se encontram para a festa da coroação de Alice, a Rainha Branca se oferece para recitar adivinhações. Será que você é capaz de descobrir a resposta das adivinhas abaixo?

a) O que é, o que é:
uma casinha sem porta e sem janela,
duas irmãs moram dentro dela.
_____

b) O que é, o que é:
tem escama, mas não é peixe,
tem coroa, mas não é rei.
_____

c) O que é, o que é:
tem dente, mas não come,
tem barba, mas não é homem.
_____

d) O que é, o que é:
a mãe é verde,
a filha avermelhada,
a mãe é mansa,
a filha é danada.
_____

e) O que é, o que é:
garças brancas
em campos verdes,
com o bico na água
morrendo de sede.
_____

f) O que é, o que é:
quanto mais enxuga,
mais molhada fica.
_____

g) O que é, o que é:
nasce no mato,
no mato se cria,
e só dá uma cria.
_____

Cruzadinha

1. _____ Dumpty, o ovo que Alice encontra na Sexta Casa.
2. O nome da gatinha espoleta de Alice.
3. O nome da filha da Rainha Branca.
4. Um dos irmãos Tweedle.
5. Um dos animais que lutavam pela coroa do Rei Branco.
6. Personagem que estava tricotando numa loja.
7. A protagonista da história.
8. O outro irmão Tweedle.
9. "A Morsa e o _____", nome da poesia que Tweedledee recita para Alice.
10. _____-tigre, uma das flores com quem Alice conversa no jardim da Casa do Espelho.